PRENDRE LA TANGENTE

"Domaine français"

DU MÊME AUTEUR

VOIX SANS ISSUE, Actes Sud, 2005 ; Babel n° 782.
PERMISSION, Actes Sud, 2007 ; Babel n° 1002.
ROUTE ROUGE. VOYAGE EN SIERRA LEONE, Vagabonde, 2007.
EXIL INTERMÉDIAIRE, Actes Sud, 2009 ; Babel n° 1125.
L'ARDEUR DES PIERRES, Actes Sud, 2012 ; Babel n° 1263.
À VUE DE NEZ, Actes Sud, coll. "Essences", 2013.
UN QUINZE AOÛT À PARIS. HISTOIRE D'UNE DÉPRESSION, Actes Sud, 2014 ; Babel n° 1360.
LES VIEUX NE PLEURENT JAMAIS, Actes Sud, 2016 ; Babel n° 1532.
LES LOIS DE L'ASCENSION, Actes Sud, 2021.
FINIR PAR L'ÉTERNITÉ, Cambourakis, 2021.

ISBN 978-2-330-17192-6

CÉLINE CURIOL

Prendre la tangente

Lettres
à un étudiant d'aujourd'hui

ACTES SUD

Au printemps 2021, un étudiant, tout juste diplômé d'une grande école réputée dont il ne révéla pas le nom, me contacta sur Instagram. Il s'adressait à moi parce qu'il avait vu, sur Internet, une conférence que j'avais donnée, deux ans auparavant à l'École des mines de Nancy, sur le thème de la dépression. Ce n'était pas la première fois que quelqu'un réagissait à cette vidéo et mon réflexe fut de l'ignorer. Puis j'y revins, un peu plus tard, touchée par ce que le jeune homme avait décrit de sa situation et des affres qu'il affrontait.

Nous avons échangé quelques messages. Très vite, je me mis à penser à *Lettres à un jeune poète*, l'œuvre littéraire de Rainer Maria Rilke, qui m'avait tant marquée lorsque j'étais moi-même étudiante. Publié en 1929, soit il y a presque un siècle, le livre est composé de huit lettres que l'écrivain autrichien a adressées à un jeune lieutenant de l'école militaire de Sankt Pölten (où Rilke avait lui-même étudié), qui, après lui avoir envoyé quelques poèmes, avait sollicité les conseils de son aîné face au désarroi que générait la question de son engagement professionnel. Soldat ou poète, tel était son choix, tel était le dilemme sur lequel il ne cessait de buter et qui n'était pas sans résonance avec celui qu'affrontait mon propre correspondant.

Pourquoi, me dis-je alors, ne pas choisir, en écho au texte de Rilke, de s'adresser à un étudiant aux interrogations emblématiques de celles qu'affrontent les jeunes diplômés français en cette décennie 2020 ? Cet étudiant ressemble à ceux que j'observe et écoute depuis plus d'une dizaine d'années en étant enseignante. Ses questionnements professionnels sont pressants, parfois même déconcertants ou violents, et attestent de persistantes difficultés à trouver une place au sein du "système". En lui écrivant, je pouvais peut-être aussi toucher celles et ceux qui, ayant suivi des études supérieures prestigieuses, ne s'en sentent pas moins désorientés une fois que celles-ci ont abouti, incertains des critères qui doivent guider leurs pas. À vrai dire, j'avais d'autant plus envie de me lancer dans l'écriture de ces lettres que désorientée, je l'avais été moi aussi à l'issue de mes études.

C'était la fin des années 1990 et j'avais en poche un diplôme d'ingénieure. Les mots "crise" et "chômage" étaient brandis tels des épouvantails et dès lors, ne cesseraient plus de l'être en France, comme s'il fallait dorénavant qu'aucun nouveau diplômé ne puisse perdre le sens des réalités. Sous peu, j'allais faire un saut périlleux hors du terrain balisé d'un CDI prometteur, un saut entre le prestige et la précarité, tandis que beaucoup m'en dissuadaient. Ce fut une transition délicate et cependant, elle m'apprit une chose essentielle : la vérité ne répond à aucun ordre.

Tout comme celles qui l'ont précédée, la génération née au début du nouveau millénaire se cherche un avenir. Souvent, elle le fait avec une déroutante abnégation, traquant son chemin non pas avec idéalisme et confiance, mais avec crainte et conformisme, influencée par une sphère médiatique qui rabâche combien notre époque va mal, combien de fléaux et de conflits la minent et la menacent. C'est d'ailleurs ce qu'a tenté de dénoncer un petit groupe d'étudiants ingénieurs lors de la cérémonie de remise des diplômes d'AgroParisTech, le 30 avril 2022. En prenant courageusement la parole, ces jeunes gens s'adressaient à "vous qui sentez un malaise monter sans pouvoir le nommer, qui trouvez que ce monde est fou, qui avez envie de faire quelque chose mais ne savez pas quoi". L'enregistrement de leur discours a été vu des dizaines de milliers de fois sur Internet, attestant du retentissement de leur appel.

Dans ce contexte, la question de l'*orientation professionnelle* et des approches qui la déterminent ne peut manquer d'être ramenée au premier plan, y compris pour ceux et celles que l'on désigne comme "l'élite de la nation". N'est-il pas impératif, pour tout jeune, de comprendre selon quels critères il doit effectuer ses choix s'il ne veut être condamné ni au cynisme ni au renoncement ?

Avant de décider de la publication de ce livre, j'en ai soumis le manuscrit à une petite dizaine de mes anciens étudiants. "Afin que nous formions une génération d'étudiants mais surtout de citoyens éveillés, il est vital que nous sortions de ce conformisme et que nous acceptions le « risque » nécessaire pour que nos aptitudes réelles se développent et que nous construisions notre identité", a réagi Lucien Maillard. L'une de ses condisciples, Camille Richer, estime pour sa part, "ne pas avoir la sensation d'avoir été préparée pour la suite" ayant observé, dans sa scolarité, "des gens talentueux qui faisaient le choix de la « voie royale » parce qu'ils le pouvaient, et parce qu'on leur avait rentré dans la tête que c'était la chose à faire quand on le pouvait". De même, Mahé Hersart de la Villemain constate qu'autour de lui, "la majorité des étudiants ne savent pas quoi faire de leur vie et se laissent porter par le système éducatif qui les conduit au monde professionnel". Quant à Zach Abessera, il écrit : "J'avoue avoir honte de me sentir perdu car j'ai fait trois ans de prépa, intégré une des plus grandes écoles d'ingénieur qui me permet d'envisager une multitude de carrières possibles pour mon avenir, et avec tout ça je ne sais pas quoi faire… Exactement ce que vous décrivez à travers les interrogations d'Eliot."

Les lettres qui suivent ont été écrites dans l'espoir d'apporter à celles et ceux qui s'interrogent ainsi, des amorces et des pistes de réflexion sur ce qu'il importe de privilégier pour éviter la disparition d'un futur auquel on n'a pas même encore goûté.

Ce n'est pas un être positif
mais un être interrogatif
qui définit la vie.

Maurice Merleau-Ponty

I

Cher EL1705*,

Votre message vient tout juste de me parvenir et je vous remercie de la confiance que vous me témoignez par ce biais.

De vous, je ne connais pratiquement rien ; si ce n'est votre pseudo et la minuscule photo qui orne votre compte Instagram, sur laquelle vous apparaissez faisant un signe de la main. Vous devez avoir un peu plus de vingt ans. Vous avez l'âge où l'on termine ses études supérieures, l'âge du grand saut périlleux hors de l'univers feutré et prévisible de la scolarité. Et vous venez, dites-vous, de vous rendre compte, avec une angoisse terrible, que vous n'avez aucun but.

Le constat est rude, bouleversant, d'autant plus rude et bouleversant que la stupeur qu'il déclenche clôt l'horizon. Votre propre ardeur, celle

* Le pseudonyme a été modifié.

de votre corps gonflé d'énergie, vous reste sur les bras quand, à la pointe de vos souliers, s'ouvre béant le grand gouffre de l'avenir où rien ne croît. Être plein de forces, plein de vitalité mais ne savoir qu'en faire… N'est-ce pas là une chose déplorable ?

Loin de moi l'idée de vous blâmer car cette situation n'est pas le produit de votre seule défaillance. Je souhaiterais seulement comprendre ce qui, pour votre génération, obscurcit les perspectives au point que certains d'entre vous en restent tétanisés. La fin des études devient une sorte de cauchemar, un seuil qu'il paraît inconcevable de franchir puisqu'il n'ouvre sur rien. Dès lors, et vous devez vous en être rendu compte, votre hésitation apparaît comme un manque de détermination incompréhensible pour qui n'a pas connu le déroutement qui vous accable.

Rassurez-vous toutefois. Vous n'êtes pas le premier, même si cette affirmation n'atténuera pas votre désarroi.

Dans tout ce que nous faisons, notre imaginaire nous précède et fait office de filet de sécurité. Mais lorsque celui-ci ne peut se déployer, l'imprévu prend une densité telle qu'il devient une menace, allant parfois jusqu'à provoquer ce malaise physique que vous affrontez. Vous dites d'ailleurs ne plus savoir ce que vous aimez… Votre présent est corrompu par la sidération que déclenche la peur d'un avenir inimaginable.

Je ne vous cache pas qu'une telle désaffection de votre part m'effraie. Elle m'effraie parce qu'elle semble contraire à un "ordre naturel" en vertu duquel l'arbrisseau est pourvu d'assez de force pour s'élever vers le ciel et une jeune personne, d'assez d'appétit pour se montrer plus téméraire qu'un sexagénaire (même si cet ordre est le fruit d'une représentation lacunaire, qui escamote d'autres facteurs que l'âge). Elle m'effraie tout autant que la disparition du futur que je constate dans les textes écrits par mes étudiants. Par leur rejet de ce temps, ils semblent indiquer que celui-ci est devenu… obsolète, inopérant, "vieilli" ainsi que les dictionnaires qualifient certaines expressions hors d'usage. Voici donc advenu le *futur dépassé*… dont les terminaisons coïncident obstinément avec celles du présent.

Que dit, de votre génération, ce temps oblitéré, cette disparition du futur ? N'est-ce pas la difficulté à se déporter hors d'un présent trop prenant, trop confortable ? À en extraire une vision neuve, qui ne soit pas assignée à la continuité ? Pour ce faire, il importe de border le présent, de lui envisager un *rebondissement* qui, pour être ensuite atteint, présente ses propres singularités. Dès lors, la rupture faite au temps par la langue fournit le premier tremplin par lequel franchir notre éreintante reproductibilité.

Pourtant, comme vous, des milliers de jeunes gens se heurtent à cette absence de dessein : ces étudiants qui peuplent les bancs de nombreuses écoles aux sigles ronflants et aux débouchés supposément garantis, débrouillards de multiples façons, assurés de leurs prérogatives, se sentent toutefois pris au piège, leur volonté en berne. Comme vous, ils errent dans un présent qui leur semble préférable à tout futur périmé d'avance.

En m'efforçant de saisir votre désaffection, j'aimerais vous aider à en anéantir les racines. Certes, vous vous dites en phase de dépression et ceci n'est pas discutable. Mais autour de vous, un monde s'agite sans vous offrir assez d'espoirs. Il laisse l'élan curieux, précieux, de jeunes adultes se transformer en une angoisse existentielle macabre et paralysante… Par quelles aberrations ce monde est-il miné pour que les velléités d'épanouissement y tournent court, dégradées en soucis de performance ? Vous n'êtes pas le seul responsable de votre désillusion puisqu'il s'agit bien d'une *désillusion* même si vous ne la nommez jamais.

Seul, néanmoins, vous l'êtes pour trouver les moyens de composer votre vie. Car si les époques, leurs défis et leurs mentalités changent, le passage à une vie professionnelle ne se fait pas sans heurts et sans aléas, contrairement à ce que vous ont laissé croire les chantres de l'élitisme qui vous ont convaincu que la filière que vous aviez choisie vous épargnerait tout tracas. Mais peut-être vaut-il mieux qu'il en ait été ainsi de prime abord…

J'ai vécu deux fois plus longtemps que vous et de cette vie "supplémentaire", j'aimerais me servir pour vous susurrer quelques idées. Quelques pensées en vrac… pas des conseils, je n'en ai pas la prétention, mais des incitations plutôt.

À chercher. À persister.

À tenter surtout, afin de s'enfuir par là.

Avec toute ma sympathie.

C. C.

II

Désormais, je vous tutoierai. J'ai beaucoup hésité à le faire, tant j'aime ce "vous" qui rehausse l'autre, le met en relief. Mais il était important de réduire la distance entre nous, qui risquait sinon de m'empêcher de vous parler au plus proche. J'ai craint qu'au *vous*, tu ne m'entendes pas tout à fait. J'espère que vous n'y verrez pas d'inconvénient.

Tu écris que tu doutes de tes capacités, en particulier celle de "réussir au travail". J'aimerais donc te demander ce qu'est, pour toi, la réussite : est-ce le montant d'un salaire ? Est-ce une progression hiérarchique ? Est-ce la complétion d'une mission particulière ? Les remerciements des gens que tu auras assistés ? Quelle que soit ta réponse, il est indispensable, voire vital, que tu saches mesurer cette réussite à l'aune de tes propres critères. Des critères que l'excitation et l'enthousiasme produits par certaines expériences, comme le sentiment de bonheur qui par instants t'envahira, t'aideront à façonner.

Mais je te vois déjà serrer les lèvres : ma question est biaisée puisque l'univers professionnel dans lequel tu t'apprêtes à entrer n'est pas régi par tes préceptes ! Si tu y accèdes, ce sera selon "les règles en vigueur". Il te faudra te conformer aux "compétences attendues en entreprise" ainsi que tu les nommes. Il te faudra, tu en es persuadé, "te battre pour réussir".

L'idée de bataille semble saillante dans ton esprit, plus que les motifs qui pourraient y conduire. Tu ne sais pas encore ce pour quoi il te faudra te battre, mais tu crois déjà savoir que le combat sera inévitable. Pénible. Douloureux. Constant. Et surtout incompatible avec ton caractère.

Voilà ce qui t'effraie : tu n'as aucune envie de te battre alors que tu es persuadé que la vie professionnelle implique ce combat. Un combat que tu imagines s'imposer entre candidats, entre collègues, entre chefs, partout, tout le temps ; un combat qui vise, pour celui qui s'y engage, à devenir l'élu, le promu, le meilleur, au risque d'échouer sinon, de n'être jamais pris, jamais accepté, jamais rémunéré, mis au ban de la société comme ces clodos lamentables que tu aperçois par terre dans les rues.

Comment t'es-tu donc forgé une telle représentation ?

La réponse n'est pas dure à esquisser : l'impératif du combat est le prolongement de l'esprit de compétition dans lequel tu es plongé depuis l'école primaire, aiguisé par la sélection qu'opèrent, par concours, les filières d'étude des grandes écoles. J'imagine qu'en outre, cette représentation s'alimente de termes médiatiquement prisés qui jaillissent des articles et vidéos d'information : guerres, concurrence économique, matchs sportifs, joutes électorales, compétitions idéologiques…

Au fond, tu n'as pas tort : c'est bien en ces termes que nous ne cessons d'appréhender le monde qui nous entoure. En termes d'oppositions. Entre forces, entre clans, entre croyances, entre politiques, entre sexes, de façon à garder nettes les frontières et claires les démarcations. Si la nature a horreur du vide, l'être humain a horreur du flou, de l'indistinct, de ce qui n'est pas ici ou là, mais ici et là.

Au travers de ces oppositions, de ces dichotomies, de ces duels, nous aimons raconter le monde, le penser, le caricaturer finalement, persuadés que nous sommes – et en cela fidèles à la seule leçon que nous semblons avoir tirée d'une Nature pourtant si riche d'autres enseignements – que seuls les plus forts survivent. Inlassablement, nous chérissons le récit fondateur d'une lutte indépassable pour la domination ou la victoire. Quant à ceux qui ne s'en tirent pas victorieux, leur échoit forcément le statut de victimes.

Ce que nous avons appris en cours d'histoire fait écho à cela : aux guerres à répétition, ayant présidé au destin de l'humanité pendant des siècles, s'est "heureusement" substituée, au milieu du XXe siècle en Occident, une lutte commerciale d'envergure dont une batterie de multinationales sont devenues le fleuron. Cette évolution a permis, nous a-t-il été enseigné, de changer la violence latente en une concurrence économique moins dommageable, plus progressiste… Mais c'est la même pugnacité guerrière qui se répercute sur le fonctionnement, externe comme interne, de toutes les entreprises capitalistes. Du moins, est-ce la conclusion dont tu t'es abreuvé.

Loin de moi l'idée de nier la persistance de la barbarie et de la violence sur cette terre. Mais ces situations d'affrontements sont souvent portées à notre connaissance au travers des dégâts qu'elles provoquent ; jamais à travers les solidarités qu'elles engendrent. De fait, il n'est pas si étonnant que tu conçoives ta vie future comme un combat permanent. Dans ce contexte, "être gentil", ce trait de caractère que tu t'attribues, ne peut que t'apparaître comme une tare, comme la preuve de ton inaptitude au combat, donc de ton échec assuré.

Laisse-moi te dire que si tu abandonnes ta gentillesse, si tu t'en défais comme d'une déficience nuisible, c'est une passerelle précieuse dont tu te priveras : celle qui mène à l'Autre et offre, dans les moments de sombre solitude, un soulagement. Ce que tu nommes ta "nature" ne devrait jamais avoir à subir d'éradication dans le but d'accéder à une place, à un métier que tu jugeras corrects. Aucune qualité ne devrait être biffée aux fins d'une réussite sociale. Puisque c'est par ajouts que l'on *s'enrichit*, par cohabitation, et non par élimination.

Si, au profit d'une carrière qui te semble prestigieuse, tu acceptes de troquer tes penchants les plus purs, tes amours les plus vifs, contre une amoralité carnassière ou une appétence factice, si tu pactises avec un réalisme d'appoint pour atteindre un paradis artificiel, ce sera te faire violence mais aussi te priver des moyens d'infléchir la société vers un peu moins d'aigreur et d'égoïsme.

Car tu le sais déjà : rejoindre la meute quand la meute aboie n'a rien de courageux ou de gratifiant. Lui faire face, prêt à œuvrer selon sa plus intime conviction de justesse, si.

Depuis vingt ans, le monde s'aplanit dangereusement ; il perd ses trois dimensions et tend à n'en avoir plus que deux, de sorte qu'il paraît placé sous verre, ou sous écran, ou sous vide. Il glisse, file, brille, dérive, s'éteint, de temps en temps clignote, tout en mosaïques que l'on swipe, tout en surgissements que l'on like. Un on-off sur un fil d'actu.

Ce monde fragmenté, fragmentaire, tend à s'aplanir au point de sembler d'une redondance triste en dépit de ses couleurs modulables du Lark au Perpetua en passant par l'Aden. Quand nous, enfants des années 1970, nous délections de *La Quatrième Dimension*, c'est peut-être la troisième que ta génération est en train de perdre, une dimension sacrifiée au profit du grand progrès technologique : celle du redressement, de la verticalité corporelle, de l'immersion. La dimension du debout et du dehors !

Depuis combien de temps ne t'es-tu pas frotté au réel ? Depuis combien de temps n'as-tu pas lâché ton appareil de survie pour de bon ? Depuis combien de temps ne t'es-tu pas jeté dans l'imprévu d'une forêt ou d'un océan, dans la profondeur d'une conversation spontanée avec un étranger ? Pardonne-moi d'être aussi directe, mais ces images dont tu t'alimentes, parfois te gaves, sont autant d'*a priori* qui saturent ta conscience. Elles sont telles ces sucreries dont, plus jeunes, il nous était interdit d'abuser parce qu'il était facile de se persuader qu'on pourrait s'en nourrir. Ne fais pas l'erreur de croire, comme tous les intoxiqués, que ta force dépasse celle de ta drogue. Jamais tu ne ressors indemne de tes virées dans le virtuel. De ton regard, elles font un guide biaisé et blasé.

Si tu n'as plus d'envies, abruti par la réification éperdue et la standardisation du divers, recommence par ici : lève la tête, regarde loin et marche d'un bon pas à l'aventure… Laisse tes sens s'imprégner de ce qui t'entoure afin d'y retrouver des passages, des motifs et des impromptus. Laisse ton corps s'installer à l'endroit même où tu te trouves afin que te deviennent perceptibles les premiers battements d'une intrigue par laquelle il suffira de te laisser entraîner.

Écarte-toi de celui que tu crois être ; sois celui que les circonstances guettent. Sache repérer la chance là où elle se planque. Sache scruter l'instant tel un chercheur d'or. Tente toujours la traversée à l'endroit le moins amène si l'autre rive, en cet emplacement, te fascine. Sans épreuve, comment veux-tu savoir ce que tu vaux ?

Puisque tu ne sais pas ce que tu vaux, déclares-tu… Et la façon dont tu l'affirmes laisse présumer qu'à cette interrogation, il te faut une réponse immédiate tant est vive l'angoisse de ne rien valoir. Rêves-tu d'être assuré de ta valeur ? Souffrirais-tu du mal du consommateur dont le regard doit adhérer à l'étiquette d'un prix ? Es-tu condamné à rester prisonnier d'un cadre de notation dont la logique se niche à l'intérieur de toi depuis trop d'années ?

Les dispositifs de recrutement à l'emploi, dont certaines écoles ont la prétention d'enseigner le fonctionnement, les modalités qui dirigent la constitution de ressources humaines contribuent à perpétuer, telle une contagion, l'annexion de l'être à sa valeur. Dois-je te rappeler toutefois qu'une valeur est fixée, *a priori*, par les effets de l'offre et de la demande ? Si l'on s'en tient à cela, ta valeur dépend de ton *cours*, c'est dire des seuls intérêts que tu peux susciter.

En tant que mesure, qui ne peut exister hors d'un système d'échanges, ta valeur, à la supposer pertinente et vraie ainsi calculée, sera déterminée à partir de tes potentiels exploitables. Ce calcul est évidemment voué à des biais puisqu'il se fonde sur ta capacité à convaincre, *à un moment donné*, du fait que tu possèdes certaines aptitudes aux cadrages préétablis.

Il est vrai que toutes les civilisations ont créé, de façon dissimulée, inavouée ou subreptice, des systèmes permettant d'établir, voire de sélectionner, la "valeur" des individus : systèmes de classes, de ségrégation, d'examens, de revenus, de codes, de notes… Il n'est donc pas si étonnant que tu t'interroges sur la tienne.

Alors essayons d'aborder la chose autrement. Considérons que tu sois en effet doté d'une valeur, sans la perception de laquelle ta vie, extérieure comme intérieure, serait sans but, impraticable et vaine. Qualifions même cette valeur d'humaine afin de ne pas la réduire à une simple affaire mercantile. Comment pourrais-tu connaître cette valeur puisque tu n'as encore rien accompli ? Ce serait pur orgueil que de vouloir en juger si aucune difficulté n'a véritablement servi à l'éprouver.

Crois-tu d'ailleurs que cette valeur soit définitive ? Connaître ta valeur, si tu tiens à en passer par là, sera l'affaire de toute une vie ! L'épreuve est à retraverser à chaque obstacle, à chaque tribulation, à chaque dilemme, à chaque engagement, mais aussi à chaque relation… Dès lors, comment savoir ? Voilà que nous nous retrouvons face à la question des critères – de réussite ou de valeur ou de ce que tu voudras – que nous adoptons ou que nous nous forgeons. Chez l'étudiant, l'établissement de ces critères tend à suivre ce qui lui a été inculqué au fil de son cursus : l'attribution d'une note (associée spontanément à l'idée de valeur) dépend d'une hiérarchie, de celui ou celle qui dicte, domine, dirige, décide. L'étudiant passe un examen et il reçoit une note, puis une autre, puis encore une autre, et ainsi de suite… Ce faisant, il perd sa capacité à éprouver seul, à partir de ses réalisations, une valeur propre. En ce sens, les matières enseignées ne sont plus des *matières* : elles ne tiennent pas ce rôle d'intermédiaire. Elles n'offrent pas l'occasion d'une production concrète qui parviendrait à refléter sans ambages le résultat d'une habileté, d'une intelligence, d'une détermination.

En ce qui te concerne, c'est avant tout ta valeur "actuelle" qui te préoccupe si je comprends bien ce que tu écris : puisque tu n'es pas sûr de celle-ci, tu ne peux avoir confiance en toi, affirmes-tu. Mais plus que de valeur, n'est-ce pas de certitude dont tu manques ? Ce sentiment qui te ravine n'est-il pas celui de l'absence de conviction ?

Dans ce monde rétréci à deux dimensions, fut déclarée, un jour, l'existence d'une chose appelée *fake news*. Ce terme, dont le refus de traduction en français facilita la propagation, était censé désigner un nouveau phénomène (de fausses-informations remplaçant les vraies-informations) bien que la nouveauté n'ait pas résidé dans le phénomène – appelé communément "mensonge" – mais dans ses moyens de propagation. Vite et goulûment gobé, le néologisme plaça la vérité, et non plus l'information, au cœur de la question de la divulgation du réel.

Dans un référentiel antérieur, qui fut le mien, une information n'en était plus une à partir du moment où elle se révélait fausse, le terme "fausse-information" constituant automatiquement un oxymore. Ceci n'est plus le cas. L'information, donc la donnée factuelle, peut être réévaluée à l'aune de la "vérité". Cette déformation est si prégnante qu'une part des étudiants auxquels j'enseigne ignorent désormais le sens du mot "fait".

C'est jusqu'à la science qui prend de plein fouet la vague d'un relativisme de plus en plus acéré et nocif. Il faut dire qu'en cette époque, même le climat qui, jusqu'alors, pouvait passer pour une "valeur vraie" ploie sous le poids des irresponsabilités de nos civilisations et de la fièvre consumériste. Le rythme de l'activité humaine, de ses cycles, de ses communications, de ses exigences, s'est tant accéléré qu'il n'est plus envisageable, pour chacun d'entre nous, de vivre par le maintien incontestable d'une condition souveraine.

Combien, grandissant dans ce contexte, il doit être difficile d'être assuré de quoi ce soit. Ou de qui que ce soit ! Qu'il doit paraître ardu de trouver une stabilité, une posture au milieu de ce monde muant et mutant à toute allure, surtout si les outils dont on dispose pour s'y inscrire sont plus intellectuels que psychiques, façonnés dans un souci d'efficience et non d'équilibre et d'harmonie. Dans ce contexte, toute certitude peut voler en éclats, sous l'amalgame des voix discordantes, des comparaisons abusives et des simplifications délétères. Au point d'éreinter la réalité d'une étrange façon.

D'après ce que tu en décris, ton univers s'est appauvri, ne pouvant dorénavant susciter chez toi le moindre enthousiasme, aussi plat que tu lui es indifférent. Mais comment s'éprouver vaillant lorsque l'on ne perçoit que des ruines autour de soi ? Comment se convaincre de sa propre valeur quand on n'accorde de valeur à rien ? Je crois que si tu dois répondre à une question, c'est à celle-ci.

Il y a, dans notre interaction avec l'en-dehors, une réflexivité dont, quelles que soient nos contorsions intellectuelles, nous ne pourrons jamais totalement nous extraire. Ce monde, qui s'offre à nous dans la nudité de sa complexité et que nous plaçons sous le joug des langages dont nous le saturons, ne requiert parfois, pour se repeupler, que nos désirs et émerveillements. Et c'est par l'admiration que nous devons creuser les sillons qui nous mèneront vers sa redécouverte.

Je conçois que depuis le début de ta scolarité, on t'ait habitué à recevoir plus qu'à donner. Non pas à "donner de toi-même", ce que tu as fait, d'une certaine façon, en étudiant différents domaines ; mais à donner de ta curiosité. C'est cette curiosité qui rend aux êtres, aux objets et aux idées leurs reliefs, nous incitant à concevoir, à leur égard, une intention susceptible de produire une action et d'induire une relation à eux. Sans cette curiosité – sans ce don d'attention –, qui se tend vers l'extérieur telle la langue puis la main du petit enfant partant à l'assaut du rugueux ou du creux, la réalité nous demeure aussi monotone et monochrome que la surface d'un mur.

Aux étudiants parfois apathiques, saoulés par les heures de cours successives, la mémorisation de notions et de termes nombreux, je parle de "retour sur investissement". Il ne s'agit pas ici d'un investissement financier mais de l'investissement d'une présence, qui permet à une parole, une sensation, une perception de se répercuter en nous au point de nous permettre de nous y déployer.

Que le monde dans lequel tu tentes péniblement de trouver les moyens – et l'inspiration – d'ériger une vie bonne et digne soit plus friable, plus frénétique, plus versatile que jadis, je ne le contesterai pas. Mais l'époque que j'appellerais la mienne était aussi, à sa manière, incertaine et truffée de paradoxes. Les difficultés n'étaient pas moindres, les errances pas moins coûteuses, les sentences pas plus clémentes. Mais peut-être l'individu *se sentait-il* moins livré à ses seules ressources. La solidarité semblait sans doute moins luxueuse ; la pauvreté matérielle, moins préjudiciable ; l'efficacité, moins obligatoire. Peut-être.

Ce que je décris demeure bien entendu discutable quand la dynamique du vivant se plaît à défier ce que nous lui assignons comme limites – et c'est grâce à cela qu'elle nous emporte.

Est-il possible de recouvrer en certitude comme l'on recouvrerait la santé, demandes-tu. De la même façon que l'on compose avec les particularités physiologiques et physiques d'un corps dont la santé et la sûreté ne sont jamais acquises, il s'agit souvent de naviguer certaines fragilités. Car ce sont nos fragilités qui sommeillent au cœur de nos certitudes. Elles en constituent le noyau autour duquel se tissent des poches de résistance, se dressent des créneaux de défense.

Comme souvent, il me vient l'image du funambule, qui réussit sa traversée périlleuse non par la prévision, l'accumulation d'assurance, le respect d'un plan strict, mais grâce à l'invention.

Il embrasse l'inaccessibilité de ce qui lui fait face et ne compte sur aucune certitude mais sur sa capacité d'improvisation.

Si je devais te proposer un mot à partir duquel opérer, ce serait "attention", plutôt que "certitude". Une attention qui s'émousse vite, surtout dans les univers à deux dimensions où nous nous égarons. Sans elle pourtant, c'est le goût de la réalité qui se délite, une terrible anosmie qui prend la consistance trompeuse d'un soulagement.

Ainsi ne puis-je que te souhaiter de retrouver le souffle d'une audace qui ne s'embarrasse d'aucun discours, qui valse avec les impératifs, qui ne prend, pour mesure de sécurité, que sa propre peur, et qui trouve, enfin, dans l'improvisation et la turbulence, les prémices d'une grande et belle aventure.

Amicalement,

C. C.

III

Cher EL1705,

Le jugement que tu t'infliges ne m'étonne pas. C'est l'outil le plus sûr que tu as trouvé pour endiguer le malaise qui te submerge. Ton angoisse s'alimente de tes inaptitudes, clames-tu en croyant raisonner. Et si tu parviens à cerner ces inaptitudes, à les *combattre*, alors tu pourras être admis au sein d'une structure d'exploitation.

Te voilà donc engagé dans ce combat-ci. Es-tu sûr qu'il soit le bon ? Que, ce faisant, tu ne sois pas en train de saper l'élan, d'épuiser la source même de toute initiative ? Si tu veux aller loin, ménage ta monture, dit le proverbe. Je sais bien qu'un proverbe n'a jamais changé la vie de personne ! Et pourtant, nous n'avons d'autre choix que d'apprendre à voyager sans nous servir des obstacles comme des alibis d'impotence.

Sous ses airs paisibles, l'immobilisme requiert l'abdication ; l'anéantissement de tout espoir.

Est-ce cela dont tu rêves ? La manière dont tu fixes tes priorités est destinée à changer car tu appartiens à un mouvement perpétuel d'évolutions. Ce n'est pas là une malédiction mais une donnée, rassurante d'une certaine façon.

Alors va... *Avanti* ! Prends-toi au jeu... et au grand jeu même !

Il n'est pas anodin qu'au nombre des anomalies que tu t'attribues figure la lenteur. Une lenteur que tu considères comme l'un des ressorts de l'exclusion dont tu prévois d'être victime. Lorsque je lis ceci, ma première pensée est plutôt optimiste : la lenteur, quelle aubaine ! Non, non, secoues-tu la tête et je te vois presque... Tu préférerais que j'affirme que de nos jours, tout doit aller vite : le salarié doit optimiser son travail, répondre, en un temps record, aux demandes, enchaîner des tâches différentes. C'est du moins à ce genre de situations que l'on t'a préparé.

Mais personne ne t'a parlé d'autres façons de faire : d'autres rythmes de travail, d'autres modes de vie, où la lenteur est ce qui porte, ce qui nourrit, ce qui permet aux gestes d'acquérir une densité et à leur enchaînement, un sens. Dans certains cas, la lenteur est ce qui donne sa qualité à la réalisation finale, ce qui permet d'amplifier la portée, de parfaire le trait, de récolter le fruit, de déceler la faille, de penser l'ouverture. Ceci peut être le cas pour une écrivaine.

Il y a des domaines où la lenteur permet de saisir autrement. Tout comme avec la pellicule d'un film qui, selon sa vitesse de défilement, donne, de la scène, une impression plus ou moins rémanente.

Ainsi la lenteur n'est pas toujours déplacée, ou résiduelle, ou le corollaire de la bêtise. Elle peut être un choix, une manière d'être, qui échappe à la caricature.

Notre vie intérieure possède un tempo bien à elle, qui ne dépend pas des injonctions de la vie professionnelle, concrètes et quantitatives. Peut-être es-tu encore trop jeune pour t'en apercevoir, mais la lenteur est inséparable du deuil, un processus graduel dont seul le temps rend possible l'aboutissement. De même, la lenteur est propre à la guérison quand, après le choc, l'infection, l'opération, nos organes doivent fournir toute l'énergie nécessaire à la production de nouvelles cellules afin de régénérer notre chair.

Aujourd'hui, il est possible de bâtir en quelques mois ce qui prenait auparavant plusieurs siècles. Il s'agit néanmoins d'un assemblage de matériaux inertes, aux propriétés relativement simples, bien connues et exploitables. Une telle accélération, à laquelle a contribué la mécanisation, est pourtant exclue à l'échelle de nos organismes. Nous ne sommes pas encore des êtres augmentés. Même si nous préférons l'ignorer, nous continuons de dépendre de nos rythmes circadiens et psychiques.

Il est vrai que souvent, la vitesse est récompensée. À la chasse, c'est celui qui galope le plus vite qui survit. Dans nos concours, nos sports, nos jeux, la vitesse est une alliée pour remporter le trophée. Elle sera prisée par nos systèmes éducatifs puisqu'elle sera synonyme d'habileté et de performance. Elle sera recherchée par nos entreprises puisque la concurrence est considérée comme le moteur parfait de notre prospérité économique. Vue sous cet angle, la lenteur sera la tare des personnes les moins chevronnées comme les moins voraces…

Prends garde toutefois à ne pas confondre lenteur et passivité, étant donné que le milieu éducatif qui t'a formé t'a aussi inculqué le refuge dans la passivité, au fil d'heures et d'heures de cours où tu es resté assis sans jamais ouvrir la bouche. Bien sûr qu'il te fallait apprendre, bien sûr qu'il te fallait écouter ; mais il était admis que cet apprentissage puisse se produire sans requérir aucun questionnement ou aucune appropriation de ta part – un peu à la manière de ton avenir.

Mais rassure-toi : toute vie sur Terre est manifestation de la primauté des équilibres. De leurs places essentielles et fondatrices. Cette "lenteur" qui te pèse n'existe pas *ex nihilo* : elle participe de l'équilibre d'un certain organisme – le tien en l'occurrence !

Observe le vivant autour de toi. Vois la manière dont toute créature cherche et trouve des façons d'utiliser ses spécificités à son avantage, sans jamais s'acharner à les modifier mais tirant profit de ce qui n'est ni un mal ni un bien ; mais une possibilité d'exaptation. Pourquoi toi, humain, serais-tu différent ? L'évolution t'aurait-elle fourni d'extraordinaires capacités d'analyse et d'expression pour que celles-ci deviennent l'arme de ton abattement ? Serait-ce bien raisonnable…

Note toutefois que je ne suis pas en train de faire ton apologie ou de t'inciter à stagner, à ignorer les problèmes que tu causes, à refuser toute amélioration, à t'imposer sans prendre garde à ce et ceux que tu heurtes. Au contraire, c'est à l'honnêteté que je t'incite ; mais une honnêteté vierge de tout jugement de valeur.

Si la variété des écosystèmes est aujourd'hui menacée, nos variétés d'être le sont autant. Je ne parle pas ici de ce qui pourrait s'appeler, selon le vocabulaire en vigueur, "choix identitaires", soit une appartenance revendiquée à telle ou telle communauté culturelle, sexuelle, politique, religieuse, etc. Ces adhésions, elles, tendent à se multiplier sur un même territoire depuis quelques décennies.

Non, je parle d'une variété d'être au sens littéral, c'est-à-dire en tant que *corps* – je parle d'une façon particulière de s'exposer et de réagir aux stimuli, extérieurs et intérieurs, je parle d'être sensible à une plus grande variété d'entre eux.

Sur cet être-là, il est possible d'avoir une influence durable. Mais pas à coups de semonces : seule la lenteur, celle de ce qui s'éprouve et s'assimile de la façon la plus intime, parviendra à en infléchir les contours et les comportements.

Longtemps, j'ai cru qu'aller vite, c'était gagner du temps. Mais dans ce gain, c'est la sensorialité de l'instant qui se perd.

Il y a une vingtaine d'années, j'ai rencontré une célèbre comédienne française qui devait jouer, aux États-Unis, une pièce en anglais, langue qu'elle parlait très mal. Intriguée, je l'interrogeai sur la difficulté d'une telle performance, prête à ce qu'elle s'en plaigne, mais elle prit un air malicieux. "C'est un handicap, c'est sûr… mais parce que c'est un handicap, j'y puiserai ma force."

Tout était dit, non ?

Avec toute ma considération,

C. C.

IV

À force de choisir la bonne voie, on se retrouve perdu.

Cet apparent paradoxe, je l'ai vécu comme toi. Il s'agit, me semble-t-il, d'un paradoxe propre aux processus d'orientation qui, en France, font miroiter monts et merveilles à ceux qui savent arriver en tête à chaque étape, à chaque examen afin d'être sélectionnés parmi des dizaines de milliers d'autres.

Félicité par ses professeurs, parents, amis, l'intéressé voit dans cette sélection, la preuve irréfutable de sa valeur ainsi que ce fut ton cas. Bientôt, elle ou lui se souciera davantage de cette valeur – et des moyens d'en attester – que de ses aspirations les plus sincères et durables. De telle sorte que si ces aspirations, un beau matin, se mettent à pousser de travers, devenant trop encombrantes ou obsédantes, l'intéressé éprouvera la culpabilité de celle ou celui qui commet une incompréhensible trahison.

Après tout, ne se trouve-t-elle pas au "meilleur" endroit, à une "place de choix" convoitée par beaucoup, ayant bûché comme une mule pour y parvenir ? Pourquoi n'y serait-il pas heureux ? L'erreur d'aiguillage n'est pas concevable quand on se trouve au meilleur endroit, les deux pieds bien plantés dans le terreau d'une brillante ascension sociale. On te l'a dit d'ailleurs, on te l'a répété et tu as voulu y croire. Le boulot, l'argent, l'avenir, tout allait t'être garanti. La "voie royale". Pourquoi s'en détourner ?

Mais l'envie persiste, l'envie rôde : pas une envie nécessairement précise mais qui s'accompagne du pressentiment qu'au sein du meilleur, quelque chose cloche pour toi. S'orienter avec l'idée d'une réussite assurée, idée d'autant plus grandiose qu'elle est vague, n'oblitère pas la multiplicité de carrières disponibles qui, à la réflexion, finissent par s'éclipser mutuellement sans jamais qu'une intime conviction vienne aider à distinguer l'une plutôt que l'autre.

Alors on se rend compte que depuis un moment déjà, on fait semblant ; sans savoir comment toutefois. Je connais ce subterfuge : se rendre sourd aux alertes. Ainsi t'es-tu convaincu qu'il ne pouvait exister d'endroit plus privilégié qu'une filière d'élite pour préparer "la suite" puisque ce parcours était approuvé par tes parents, plébiscité par tes professeurs, homologué par les autorités compétentes. Parce qu'y entrer témoignait d'une réussite à nulle autre pareille qui te garantirait un avenir.

Garantir un avenir... L'expression dégage quelque chose de fallacieux et de rance, ne trouves-tu pas ? Des relents de slogan ou de promesse électorale. Comme si l'avenir pouvait se mettre sous cloche, se tracer à la manière d'une exponentielle...

Néanmoins, l'expression colle à un système d'orientation figé dans une forme de déterminisme aigu, en vertu duquel il devient possible d'estimer, à vingt ans, que l'on a signé pour un parcours sans embûches.

Mais faut-il rappeler l'évidence : l'avenir n'est *jamais* garanti. Qui te le promet te vend du vent ! Pourtant toi, comme moi, comme d'autres, avons gobé la belle formule. Parce qu'elle avait un goût de paradis et de conte. Parce qu'il fallait bien faire passer la pilule, l'autre, celle de notre incertitude, de notre méconnaissance toujours latente d'un idéal auquel nous dévouer.

"Que veux-tu faire plus tard ?" Je me rappelle que cette seule question déclenchait, chez moi, des palpitations. Mais voilà que *l'avenir* pouvait être *garanti* ! Et il existait même, pour en bénéficier, des établissements auxquels postuler : il suffisait d'avoir d'assez bons résultats scolaires pour s'offrir cette sauvegarde. Finies les cogitations ! On allait suivre la "voie royale" et l'on arriverait quelque part où l'on serait en sûreté, préservés de toute déconvenue.

Le temps passant, on oublie, je crois, l'anxiété que suscite l'anticipation du moment où il faudra élire une profession quand il paraît toujours trop tôt pour le faire. Sur le choix d'une filière d'études supérieures paraît alors reposer notre entière félicité. Dans le cas de ma génération, nous étions persuadés de ne disposer que d'une pioche unique qui déterminerait le déroulement de toute notre vie professionnelle. Aucune marge d'erreur ne semblait alors tolérable…

Si, pour m'extraire de l'impasse, je me suis longtemps raconté que rien n'est jamais joué, se convaincre, *a contrario*, qu'il sera toujours possible, en temps voulu, de changer de voie (professionnelle) est tout aussi problématique.

C'est bien dans la conciliation de ces deux approches que réside la difficulté, le *catch 22* comme disent les Anglo-Saxons, ou la tangente au cercle vicieux. Car s'il est possible, en fantasme, d'effectuer n'importe quel changement radical, la mise en œuvre effective d'un tel changement exige des réserves d'énergie comme des trésors d'ingéniosité et de persévérance. Une fois engagé dans une direction, il n'est pas toujours facile de rebrousser chemin…

Dans sa folle agilité, la conscience humaine est capable de tout justifier, et ce jusqu'au plus inacceptable, puisque la continuité est ce par quoi, avant tout, elle se structure. Nombreux sommes-nous à préférer demeurer dans le familier quand tout changement recèle une violence, un chamboulement, un danger que l'esprit rejette *a priori*.

Loin de moi l'idée de te mettre au défi de tout abandonner ; je voudrais seulement t'indiquer qu'il existe un point d'équilibre où tout en mesurant l'importance des enjeux, on s'en libère. Plus le changement à opérer est décisif, plus grande doit être l'amplitude d'action que l'on s'accorde. Une amplitude que l'angoisse, elle, tend à ratatiner : en restant à couvert, on évite de se placer au centre de son propre devenir, qui requiert pourtant notre concours plein et entier.

Parmi les étudiants auxquels je donne des cours, étudiants qui mènent, comme toi, de brillantes études dans des établissements d'enseignement supérieur réputés, certaines et certains ignorent ce qu'ils souhaitent faire/avoir comme métier. J'emploie le mot "métier" à dessein, parce qu'il est assez explicite et désigne une activité spécifique, parfois si difficile à cerner lorsque les noms de poste ne disent plus rien des travaux et des engagements qu'ils recouvrent. Plus tard, je serai présidente-directrice générale… De quoi ? Peu importe, mais PDG !

Enfants, nous avons rêvé de fonctions concrètes, dont les productions auraient un impact direct sur la vie quotidienne. Nous avons rêvé de mouvements et de pratiques qui impliquent un "faire" clairement identifié, une mission, à nos yeux, gratifiante. Nous avons d'abord rêvé de sauver quelque chose ou quelqu'un. Puis, tristement, il nous a fallu prendre en compte des paramètres plus "réels"…

Il y a, chez une bonne partie des jeunes que je croise, une façon stérile d'envisager leurs études : celles-ci sont surtout des moyens de parvenir à une fin, des tunnels borgnes débouchant sur un enclos fleuri et rassurant. Ce qui est éprouvé n'est pas la passion pour la formation reçue mais plutôt, *a contrario*, la satisfaction d'un devoir accompli. Dans ces cas, la passion a déjà cédé le pas au pragmatisme.

Te rappelles-tu la fable de La Fontaine, *Le Loup et le Chien* ? Je peux te dire qu'un bon nombre d'étudiants ont déjà enfilé leur collier. Je l'affirme sans aucun mépris, sachant que le chien, en dépit de sa chaîne, vit beaucoup mieux que le loup, condamné à errer affamé et solitaire. D'autant que la quête n'est peut-être pas du goût de tous mais seulement d'une poignée de malotrus qui s'échinent à en vanter les mérites alors qu'ils en crèveront sans doute.

Cela étant dit, le pragmatisme d'une partie de ces jeunes, leur crainte de s'écarter des attendus, de remettre en cause leurs convictions ou de brûler pour une utopie, leur imperméabilité à tout ce qui les empêcherait de respecter les diktats financiers, me perturbe. Parce qu'ils me donnent l'impression d'avoir affaire à des gestionnaires. Je n'ai rien contre les gestionnaires ; il en faut et souvent beaucoup, et tous, nous devons l'être par moments… Mais la gestion m'effraie lorsqu'elle devient une manière d'être ou plutôt un calcul, une astuce pour renoncer à d'autres mesures de vie.

Crois-tu, cher Inconnu, que l'origine de ce dont tu souffres puisse avoir trait à cela ?

À côté des étudiants dont je te parle, d'autres, plus rares, n'ont pas, contrairement aux premiers, la moindre idée de ce qu'ils feront. Lorsqu'il y a quelques années, je m'en suis rendu compte, j'en ai été abasourdie. Je te dirais même que cette indétermination, que j'assimilais à une léthargie désespérée, à une abdication précoce, à un caprice, m'agaçait beaucoup. Il me fallut me rappeler qu'à cet âge, je baignais aussi dans l'incertitude… D'autant plus que cette incertitude, ce refus implicite de ce qui semblait offert tout cuit dans la droite ligne de mon diplôme, provoquait, chez mes interlocuteurs, le même genre de perplexité irritée.

Je voudrais te raconter maintenant un petit périple afin que tu comprennes mieux ce que j'évoque. Lors d'un voyage organisé par la grande école où j'étudiais, je me suis retrouvée, en compagnie de ma promotion, une centaine de garçons et de filles qui avaient alors ton âge, en Afrique du Sud où nous allions visiter des entreprises technologiques. Il s'agissait de nous aider à concrétiser ce que nous pourrions faire plus tard. Nous étions en 1996, l'apartheid avait été aboli à peine cinq ans plus tôt – cinq années qui ne pesaient pas lourd au regard de l'histoire passée, des atrocités commises par ce régime d'exclusion raciste.

Les autorités de l'école avaient jugé qu'il serait instructif, pour de futurs ingénieurs, d'assister à la conférence d'un fabricant d'armes national ainsi qu'à une démonstration de chars d'assaut sur piste. C'était sans doute une idée justifiable, mais dans les faits, après avoir visionné les diapositives d'un arsenal complet d'armement et entendu les vrombissements de machines de guerre, elle parut insupportable. À moi tout du moins. Face à ce déballage éhonté du genre d'instruments qui avaient permis d'asservir la moitié d'un pays, je restai stupéfaite, bouleversée, et je demandai à nos encadrants ce que signifiait cette mascarade à laquelle, pour ma part, je refusais de prendre part… Je fus la seule à protester. Étant la seule, je reçus, pour toute réponse, une menace de renvoi. Certains de mes camarades vinrent m'avertir que mon comportement dépassait les bornes tout comme mon ingratitude était déplacée.

À ce moment, vois-tu, ils étaient les chiens replets et fidèles ; moi, la louve affamée et hurlante. Ô que certaines décisions peuvent être solitaires ! Et parfois, bien plus déterminantes que prévu.

Dès lors, comme toi, je me mis à douter. Je doutais d'être au bon endroit, même si de nombreuses personnes clamaient qu'il s'agissait du meilleur ; je doutais d'y avoir une place. Je doutais au point de ne pouvoir que bredouiller bêtement lorsque l'on me posait la question de ce que je ferai plus tard.

Je ne doutais pas de mes capacités à travailler, à m'investir, à me donner pleinement à ma tâche. Mais je doutais peut-être bien de ce qui méritait cette peine-là… Ce doute envahissant, pernicieux, qui semblait accroché à mes réflexions telle une tique opiniâtre au pelage d'un canidé, semblait particulièrement nocif. Je possédais un diplôme ronflant, un véritable passeport à l'embauche ; je possédais des aptitudes scientifiques prouvées, et voilà que je rechignais. Et pour quel motif ? Parce que je "doutais" ? C'était puéril !

Et pas bien sérieux, me fit-on vite remarquer dans mon entourage. Et pour être très honnête, insistait-on, j'allais, à force de tergiverser, finir par me tirer une balle dans le pied. Un vrai gâchis ! Le doute, c'était le fardeau des paumés ; pas celui des gens combatifs dont j'étais supposée faire partie.

Tu dois lire ceci et te demander où je veux en venir… Pendant pas mal de temps, ce doute m'est apparu comme un anathème, une imprécation à laquelle je ne parvenais pas à me soustraire. J'avais honte. Ce doute sur la pertinence de mes choix d'orientation me rendait vulnérable, croyais-je, à la moindre séduction, m'éloignant d'une vraie ambition, d'une profession honorable, d'un emploi solide auquel je saurais me vouer.

À regarder les choses à présent, plus de vingt-cinq ans plus tard, je suis en droit de revoir cette estimation. Où ce doute m'a-t-il conduite ? Au naufrage présumé ? À l'échec redouté ? Peut-être pressens-tu déjà la réponse, car en dépit de ton angoisse, tu n'ignores pas que le doute renferme quelque chose d'extrêmement fécond…

Ce quelque chose, c'est la *possibilité*. C'est l'ouverture. C'est la déstabilisation qui contraint à l'invention ou l'élaboration d'une nouvelle liaison.

Certes, le doute n'est pas une fin en soi mais un outil. À manier avec précaution, à la façon d'une lame afin de découper dans les parois étanches, et trop vite rigides, de nos certitudes, une fenêtre, *un jour* ; ce jour où s'amorce, dans chaque vie, une évolution, la fin d'un dilemme, l'abandon d'une fidélité nocive.

Ainsi le doute fut-il mon échappatoire. Vers l'en-dehors. L'en-dehors du familier, l'en-dehors des prérequis, l'en-dehors de mes redondances, l'en-dehors de mes idées reçues. Grâce au doute, j'ai continué à vouloir vivre. J'ai quitté la *vie théorique* et me suis lancée dans l'expérience de la vie quand celle-ci devient expérimentation, exploration, quand elle n'est plus bornée, prévue, calculée, quand elle peut tout accueillir puisqu'elle ne possède aucun dessein si ce n'est celui d'être vécue grâce à tout ce que le corps perçoit et répercute.

Une fois accepté, le doute m'a permis de penser l'impensable. Il m'a permis de me sevrer de représentations encombrantes, suffocantes, qui ne donnaient à l'existence qu'un seul motif navrant : la survie confortable. Il m'a permis de comprendre qu'on ne vivait qu'à plusieurs, par ensembles, auprès d'autres qui, contrairement aux *a priori*, étaient engagés dans le façonnement sensé et sensible de leur existence et avaient compris, bien plus tôt que moi, que la rentabilité seule n'y suffirait pas. Qu'il fallait également du cœur, des tripes, du commun et du don.

Ce que d'autres prenaient pour une errance m'a permis de recevoir cette leçon essentielle.

Grâce au doute, je fis l'expérience fondatrice du dépouillement, lorsque ce qui paraît une catastrophe devient, parce que saisi au vol, une occasion de renaître.

Il n'y a pas de sot métier, arguait ma grand-mère ouvrière en usine. Il y a des métiers abrutissants et pénibles, mais aussi pas mal de sots qui exercent leur métier sans ardeur aucune. Voilà avec quoi j'aimerais te laisser aujourd'hui : une méditation sur l'ardeur qui, lorsqu'elle se manifeste, nous sauve du bercement lénifiant de l'obéissance.

Amicalement,

C. C.

V

Cher EL1705,

Considère les inconnus que nous sommes l'un pour l'autre. Jamais, nous n'aurions eu l'occasion d'échanger quoique ce soit si tu n'avais pris l'initiative, après avoir regardé cette conférence en ligne, de m'écrire. Au milieu de tes tourments, tu as tenté de chercher un remède, une issue, alors que tu te pensais égaré pour de bon ; tu as tendu la main vers ce qui t'avait paru salvateur d'emblée. Le message que tu m'as alors envoyé, en forme de SOS, montrait que tu ne renonçais pas, en dépit de ton égarement, à ta capacité, aussi peu anecdotique qu'anodine, à te tourner vers l'inconnu.

S'adresser à l'inconnu en dernier recours, ou peut-être en premier, parce qu'il paraît plus clément, plus neutre, plus large ; mais aussi parce qu'il nous procure la sensation de (pouvoir) nous dépasser, de nous adjoindre une nouvelle dimension, un peu comme si une pieuvre obtenait un tentacule supplémentaire pour palper, éprouver, réfléchir et infléchir le sous-sol marin.

Voilà ce à quoi, il me semble, tu dois continuer à te confronter. Car au-delà de l'inconnue que je suis se dresse un inconnu beaucoup plus inquiétant, plus litigieux, celui de ton avenir hors du cocon familial où tu aimes encore te réfugier.

Cet inconnu, note bien, est bien plus en phase avec toi que tu ne le soupçonnes, puisqu'il est capable d'accueillir tes embardées sans les juger incongrues. Dans son immense potentiel et sa particulière indocilité, l'inconnu ressemble à un estran : un miroir d'une sorte spéciale, dont les reflets dépendent de l'heure et qui, t'en livrant une version sinueuse, retrace tes propres linéaments sur un périmètre beaucoup plus vaste.

Ainsi voudrais-je t'inciter à aller encore davantage vers l'inconnu en dépit de sa mauvaise réputation. Fais confiance aux inconnus, comme tu l'as fait en m'écrivant, car les inconnus ont cela de merveilleux qu'ils détiennent la clé du neuf, l'étincelle de la surprise, le ferment de l'invention. Rappelle-toi ce sentiment qui, enfants, nous traversait de part en part, nous électrisait, lorsqu'il fallait nous jeter dans les bras de l'inédit. Comme c'était galvanisant !

“Les endroits inconnus au loin deviennent tes refuges”, a écrit, il y a quelques jours, Nuray, qui participe à l'un de mes ateliers d'écriture.

Réfugiée en France, elle a tout laissé en Turquie, sauf mari et enfants ; toutes ses possessions et ses repères y sont restés.

Je ne connais pas le détail des événements qui ont poussé Nuray à partir, mais je suis convaincue qu'elle a beaucoup douté, elle aussi. De l'endroit où elle était censée vivre. De la place qui, du fait de ses convictions politiques, de son refus de l'injustice, de sa défense des droits des femmes, pouvait encore être la sienne dans son pays natal. Elle a douté, puis *un jour*, elle a décidé de tout quitter. Pour Nuray, tout valait mieux, j'imagine, que de devoir étouffer la source de sa révolte, faire une croix sur ce à quoi elle tenait le plus : son indépendance. À présent, tel le funambule, elle avance sur un fil ténu où ce qui lui permet de conserver l'équilibre est sa foi.

Je sais ce que tu t'apprêtes à me demander : à tout instant, un excès de doute ne peut-il pas faire chuter Nuray ? Car quand bien même il agit avec intuition, le danseur de corde s'expose aux faux pas lorsqu'il fait preuve d'hésitation. Ainsi pour faire du doute un balancier, faut-il ne l'éprouver qu'avec parcimonie… Tu rigoles, n'est-ce pas ? Tout ceci est très beau, emballé dans mes phrases ; mais le doute ne se contrôle pas, me rétorques-tu. Et tu as raison… Mais comme tout ce qui surgit, fulmine, jaillit, éclate, sourd, vole inopportunément, comme tout ce qui possède l'étrangeté imprévisible du sauvage, le doute peut s'apprivoiser.

Non, insistes-tu : comment pourrait-on douter "modérément" ?! L'idée te semble absurde car, selon toi, le doute est sans nuance. Il t'habite ou non. À partir du moment où il t'envahit, tu es perdu. Surgie au milieu d'un écheveau de brindilles trop sèches, l'étincelle de ce doute a tout fait s'embraser pour toi et ton but s'est consumé si vite que tu as même douté d'en avoir jamais possédé un. Le doute, avide et absolu, a démoli le mât de cocagne auquel tu étais persuadé jusqu'alors de vouloir grimper. Et sans but, comment prétendre avancer… que ce soit sur un fil ou sur une voie bien tracée !

Je te l'accorde : "avoir un but" et "douter" sont deux positionnements *a priori* contraires. De la suppression du dernier dépend, *en toute logique*, la persistance du premier.

Cependant, la conscience humaine est farceuse, adepte des rebonds et glissements, et il n'est pas rare que deux états contradictoires cohabitent et persistent en elle. Nous en tirons parfois, outre quelques névroses têtues, un surcroît d'énergie, lequel, par une analogie grossière, s'apparenterait au courant électrique qu'induit le raccordement de deux pôles de charges opposées. L'"énergie nerveuse" que produit cette cohabitation dérogatoire n'en est pas moins profitable sous certaines conditions.

Douter et avoir un but ne sont donc pas toujours mutuellement exclusifs. Car c'est en doutant que l'on renforce ses priorités. C'est en doutant que l'on s'approprie certains désirs. Petit à petit, le va-et-vient de l'indécision dessine une progression et se tisse, en vertu de ce train d'examens, la forme d'une volonté. Il faut, pour creuser la roche, lui conférer ses reliefs, le ressac de l'eau et le tournoiement du vent.

Il n'est pas de parcours inédit qui ne soit saccadé : plus le chemin est tracé, moins il permet d'accidents. En revanche, si tu te déplaces au milieu d'un *terrain vague*, le doute ne te quittera pas… Il te portera.

Songe à ces esprits curieux qu'ont été les grandes et grands scientifiques, explorateurs, découvreurs, penseurs : leurs journaux intimes ou leurs carnets de notes attestent du fait qu'ils n'ont pas été exempts de doutes. Souvent, ces doutes ont été à l'origine de leurs théories ou de leurs projets révolutionnaires.

Tu crois encore que tu n'as aucun but parce que tu doutes. Mais c'est parce que tu doutes que tu auras bientôt un but : et il n'en sera que plus tenace, plus fondé, plus sensé.

Ce que doit engendrer le doute, c'est une nouvelle équation, une forme différente d'intégration. Ce n'est que lorsqu'il persiste, intact, accroché aux mêmes dilemmes, que le doute provoque cet épuisement nuisible qui t'évide.

Ne sois pas effrayé par tes doutes : fais alliance avec eux. Laisse-les te livrer ce qu'ils t'exhortent, de toutes leurs petites voix discordantes, à entreprendre.

L'Inconnue

VI

Cher Eliot*,

À présent que je dispose de ton prénom, plutôt que d'un pseudonyme saugrenu, je vais me faire une joie de l'employer.

As-tu remarqué, d'ailleurs, l'étrangeté inhérente au fait de "nommer" ? Dans la découverte d'un prénom, nous puisons d'abord un étonnement, comme si, bien qu'ignorant tout d'une personne, nous avions prévu qu'une autre appellation lui aille mieux. Nous nous astreignons alors à employer ce prénom telle une clé, sans savoir où nous voudrions qu'elle nous conduise. Au-dedans ?

Les noms propres sont tel l'inconnu, perdant leur austérité et leur uniformité au fur et à mesure qu'ils sont investis. À la différence d'un nom, l'inconnu, lui, se renouvelle pourtant : à peine observé, cerné, capturé, identifié, nommé,

* Le prénom a été modifié.

dépeint, analysé, expliqué, découpé en catégories ou en genres, il se recompose autrement. À côté ou de l'autre côté, tout au bout, là où l'on croyait l'avoir éliminé, parfois curieusement proche ; voilà qu'il foisonne, se répand ou canote à la lisière des prédictions, bouscule et gribouille les desseins qu'on lui avait assignés, d'un aspect imprévu jusqu'alors, une apparition de couleur mirobolante ou abyssale.

J'imagine parfois que la raison de ma vocation réside là : les mots sont, et ont toujours été, mes inconnus. Enfant, ils m'ont déroutée et handicapée. Puis, par esprit de contradiction peut-être, j'ai voulu me frotter à eux… Ainsi écrire est devenu une façon de les garder inconnus – en les explorant ; de les apprivoiser – en leur permettant de m'échapper.

Si je ne suis pas là pour te parler d'écriture, il existe comme tu le vois, des attaches que la difficulté soude, des voies que seule l'obstination à déjouer l'évidence peut tracer… Quel est donc, cher Eliot, *ton* inconnu ? Celui qui, de par sa seule existence, te met au défi de le circonscrire, de le connaître, de l'*envisager* ainsi qu'une future amoureuse d'abord te bluffe ou t'en met plein la vue. Rapproche-toi de cet inconnu au lieu de le fuir, effarouché que tu es par ses airs supérieurs, ceux dont tu le pares afin de disposer d'un prétexte à t'en éloigner.

Dans ton dernier message, tu évoquais, à mots couverts, ce que tu perçois comme ta difficulté à te conformer aux attentes. Bien que tu ne le nommes pas, tes propos font référence à un "système" dans lequel tu serais, malgré toi, obligé d'exister.

Système, voici bien un terme que chacun se targue de manipuler à bon escient : il a fini par désigner une organisation inhumaine, un appareil vicieux et implacable, une sorte de mécanisme aux gigantesques rouages, digne d'un XIXe siècle encore ébaubi et apeuré par l'avènement des premiers engins à moteur. Le "système", c'est tout ce qui nous domine et règle nos existences sans que nous le contrôlions. Le système, c'est l'impuissance, c'est la soumission, c'est la victimisation.

Mais il est aussi possible de considérer que tout système sert la destinée des éléments qu'il englobe et sur lesquels il influe. La Nature, où toute créature trouve naissance et mort, foisonne de systèmes : des réactions chimiques fondamentales aux dispositifs de prédation des chaînes alimentaires en passant par les structures communautaires inéluctables. Il s'agit toutefois de systèmes *ouverts*, dont les influences et effets sont mutuels, parfois transformateurs et, surtout, interdépendants et nombreux au point que paraissent parfois régner le chaos et l'aléatoire. À proprement parler, il n'existe nulle part de "système unique" dont le fonctionnement serait implacable.

Mais se river à l'idée d'appartenir à *un* système force à se considérer comme dépourvu de choix. Tu prévois, par exemple, d'être soumis à des modalités strictes de sélection, sans recours, te pensant trop démuni pour t'y soustraire. La question du libre arbitre est complexe mais je t'incite à remarquer qu'estimer dominant un système conduit à s'en juger victime – ou prisonnier. Et à considérer ce système comme justification de sa propre inaction.

Ce pourquoi la psychanalyse a constitué un apport majeur pour l'épanouissement des humains : parce qu'elle concourt à la formation et à la formulation de représentations dans lesquelles chacun trouve un rôle à s'attribuer.

Si tu y prêtes attention, tu t'en rendras vite compte : la condamnation du "système" se combine, au sein de notre époque tiraillée entre ses multitudes et ses réductionnismes, à une recherche presque maladive d'efficacité, que dictent les impératifs économiques et l'emballement virtuel. Tout autant que d'un "avenir garanti", c'est de "temps gagné" qu'on nous incite à rêver, tandis que nous dilapidons ce temps au même rythme que notre argent. Cette obsession de la perte de temps a consacré les vertus de l'efficacité, qui sait filer droit vers son but – et n'est-ce pas, de fait, cette ligne que tu voudrais, sans le deviner, te dispenser de suivre ?

Rien de tel pourtant que la systématisation pour accroître l'efficacité… De cette mise en systèmes s'abreuve l'informatique, se régalent les algorithmes, dépendent transports et logistique, commandes et achats, toutes sortes de traitements administratifs. Lui sont même redevables les rencontres amoureuses d'un nouveau type… Cette systématisation est d'autant plus favorisée que ses rigoureuses ordonnances contribuent à l'avènement du saint graal de notre modernité, le confort.

Cependant, ce que la systématisation supprime n'est autre que l'inconnu. Un inconnu qui s'épuise, menacé d'extinction, à la manière de nos vies oniriques ou nos écosystèmes quand nous n'y prêtons plus garde. Je ne peux m'empêcher de penser que lorsque les gens s'insurgent contre le système, ce qui les harasse, en vérité, c'est la systématisation.

Ils pensent toutefois pouvoir se dispenser de la compagnie de l'inconnu en s'absorbant dans la reproduction de cadres familiers, où ils s'érigent en consciencieux dirigeants. Tout marche, tout fonctionne, tout performe, un chassé-croisé de gestes directs rodés nickels, un balai mécanique, vite vite, deux clics, trois pressions, quelle tâche inscrite sur ma *to-do list* ? Surtout que chacun reste à son poste ; pas de froufrou, pas de chichi, pas de charivari, pas de drague, pas de blagues. Les sourires au hasard, c'est fini, rétrograde. On avance, on abat, on gère, on classe, on coche, on va à l'essentiel pour sauter vite vite à la suite. Aucun jeu dans ce parfait enchaînement. Rien ne vrille, rien ne pousse, rien n'éructe mais tout soupire régulièrement.

La mise en système vaut aussi mise en conserve. Par elle, vois-tu, on expurge

les élans
les découvertes
les amours
les émois
les inventions

Et sous peu, le cœur joyeux de notre royaume intérieur, l'Imaginaire.

C. C.

VII

Cher Eliot,

À travers la France, dans des établissements supérieurs spécialisés, des jeunes gens entrent à pleines brassées, chaque année en nombre croissant. Là, l'étudiant, anxieux, consciencieux, naïf, reçoit des doses considérables de savoir. Ce qu'il acquiert est une extrême capacité de travail et d'exécution efficace, notamment au moyen de la récompense de sa promptitude. En revanche, il est moins que certain qu'il y développe la passion d'un métier.

Est-ce que je caricature ? Ton exemple ne semble pas me détromper…

Au fil de mes contacts avec des étudiants du supérieur, je me suis posé la question suivante : l'étudiant, entrant en troisième cycle, sait-il ce pour quoi il étudie ? Je te vois déjà grimacer : pour ne pas être au chômage ! Obtenir un travail, de préférence stimulant, avec perspectives de développement personnel et bonheur à la clé.

En intégrant l'école où tu as été admis après les concours, tu n'avais pas vraiment de projet, expliques-tu. Juste l'espoir qu'à ta sortie par la grande porte, ton diplôme atteste de tes velléités et de tes capacités d'insertion sur le marché du travail. Mais tu n'avais pas de projet professionnel concret – pourvu que l'on veuille de toi dans une structure prestigieuse et tu t'en sortirais comme les autres.

Bien sûr, les jeunes fortement diplômés ont des envies et des idées. Mais il me semble que la *réussite* est encore un passage obligé, pour atteindre certaines hautes fonctions – plutôt que certains métiers –, "hautes" n'étant en rien un adjectif accessoire.

Avant, tu avais quelques fantasmes. Tu avais élaboré quelques plans, esquissé quelques projets mais très vite, le retentissement des avertissements t'a pris de court, dressant autour de toi des digues restrictives, bloquant ces perspectives si peu réalistes. Il faut dire qu'on ne t'avait jamais vraiment posé la question : contrôles examens concours, personne, dans aucune discipline, ne s'était enquis de ce que ces études t'apportaient. Après tout, c'étaient des études !

Un peu dingue tout de même quand tu y songes… Mais pas incompréhensible étant donné que nous parlons de système éducatif : lorsque personne n'est préposé au traitement d'un problème, il finit par se confondre avec son inexistence. Dans ces conditions, autant étudier comme on souscrit une assurance, même si l'on doit peiner ensuite à tisser une cohérence entre nos attachements et nos actes.

Ce qui nous disperse, ce qui nous érode, ce qui nous délabre n'est jamais soudain.

Le renoncement nous gagne de façon subreptice quand accepter le médiocre ou le fade nous semble moins coûteux, moins dangereux, moins conflictuel.

Mais la vie n'a qu'un goût véritable : celui de l'espoir – d'une satisfaction, d'une révélation, d'un accomplissement, d'un lien.

Grimper à un arbre, franchir un ruisseau, escalader un mur, faire du vélo, sauter d'un rocher, construire une cabane, toucher un serpent, apprivoiser un écureuil, sauver un chaton, marquer un but, monter sur scène, conduire, nager, assembler, viser, embrasser, faire l'amour… ont été des défis de jeunesse qui nous ont fortifiés, assassinant, une à une, nos craintes, nous rendant aptes quand "être apte" ne procède que d'une seule condition : passer à l'acte.

Aucune aptitude n'est donnée, préétablie, innée. On peut posséder quelques prédispositions mais en dépit de ce que nos diplômes clament, il n'existe pas d'inaptitude qui ne puisse se compenser pour qui est prêt à le tenter.

Puisque seule importe la dynamique. Le processus d'immersion physique.

Lorsque nous apprenons, nous n'acquérons pas seulement un savoir particulier, ainsi que l'on acquiert un objet destiné à être rangé ensuite sur une étagère. Lorsque nous apprenons, c'est une nouvelle *façon d'être* que nous rendons possible à travers notre corps (réflexes et cognition). Nous élargissons notre spectre lumineux, nous étendons notre tessiture vocale, nous augmentons notre souplesse ou notre agilité. En *incorporant* une autre possibilité d'agir, nous nous amplifions tout en nous reliant à une histoire, une tradition, un art, un héritage, un groupe. Par cette nouvelle *façon d'être*, nous gagnons un positionnement supplémentaire dans nos interactions avec le monde.

La première fois où j'ai entendu prononcer le mot "autodidacte", j'étais déjà bien avancée dans mes études. Je me rappelle avoir été étonnée qu'il existât un terme pour désigner ce qui m'apparaissait alors comme un accident de parcours, une démarche anecdotique, à la marge d'une qualification professionnelle qui ne pouvait s'obtenir qu'à travers un enseignement officiel. Dans certains dictionnaires, "autodidacte" est de fait considéré comme un "vocable péjoratif". Ce qui ne résout pas la question de son statut ontologique : être autodidacte relève-t-il d'une situation, d'une prédisposition, d'une décision ?

Ce qui continue de m'étonner, et que je déplore, est le fait qu'être autodidacte ne soit pas davantage promu et récompensé par l'Éducation nationale. Loin de moi l'idée de dénigrer l'apport incontestable des enseignements dans toutes les disciplines. Personne ne s'improvise médecin ou astronome, pas plus qu'ébéniste ou jardinier. Cependant, avoir le loisir de découvrir à sa guise, d'expérimenter et de tester seul une pratique physique ou intellectuelle, de s'engager dans sa compréhension et de résoudre les difficultés qui peuvent en découler, sans *a priori* et sans théorie préalable, s'avère extrêmement formateur ; moins efficace qu'un apprentissage classique mais tout aussi enrichissant.

En cela, la curiosité est notre guide le plus fiable. Notre ressource première, celle dont l'épuisement nous fait vieillir et péricliter de façon prématurée. Elle est, à l'état pur, ce qui redresse le monde autour de nous, l'empêche de perdre sa troisième dimension. En octroyant plus d'importance aux curiosités spontanées des enfants, les adultes pourraient, il me semble, les aider à s'orienter, sans les pousser vers un parcours balisé qui avant tout les rassure, eux.

Voilà ce qu'aujourd'hui, je voudrais te proposer, cher Eliot : sois ambitieux mais d'une ambition façonnée par tes propres curiosités. Laisse tes rêves te donner des idées sans leur imposer de camisole, en les préservant de ces mises en garde que d'autres t'assènent dans l'espoir que, comme eux, tu suives le bon chemin.

Le seul chemin qui vaille la peine, le seul chemin qui traverse des contrées aux splendeurs à nulles autres pareilles, est celui qui n'exigera pas de toi de te sevrer de tes plus puissantes déterminations. Ne crains pas l'épreuve car c'est elle qui t'orientera en vertu des aptitudes qu'elle te conférera.

Il y a quelques jours, au hasard d'une lecture, je suis tombée sur ce témoignage : "On a l'impression d'escroquer les gens puisque l'on n'aime pas ce que l'on fait". Qui parlait ? Je ne l'ai malheureusement pas noté ; l'identité du locuteur s'est volatilisée derrière la perspicacité du propos. "Il faut que tu fasses ce qui te permet de t'aimer", recommandait-il.

Amicalement,

C. C.

VIII

Cher Eliot,

Peut-être ai-je déjà trop écrit ? Peut-être suffirait-il de s'arrêter là, en me persuadant que je suis parvenue, tant bien que mal, à te transmettre un peu de ce que je crois savoir sur nos possibilités de devenirs… Mais quelque chose me dit que tu n'es pas encore tout à fait convaincu. Qu'en dépit de tes efforts pour lire les ouvrages que tu m'as demandé de te recommander*, tes peurs ne te laissent pas tranquille.

"Douter, je sais faire !", écris-tu non sans ironie. En ce moment, tu passes même tes journées à cela… Et après ? "Ce doute ne me porte pas mais m'encombre ; il ne me donne pas d'élan mais me paralyse." Ce doute est poisseux, il est rêche ; il dérange râpe irrite.

* Les ouvrages recommandés à Eliot figurent en annexe.

Tu as relu ce que je t'avais écrit et tu es d'accord… en théorie : du doute peut naître l'avenir. Mais dans ton cas, l'envie implacable de te débarrasser de tes doutes ne faiblit pas. Une fois la lecture de mon courrier terminée, une fois retrouvée la solitude de ta chambre et la langueur de la soirée, le doute ne t'apparaît plus comme un point cardinal, qui permettrait de s'orienter vers de nouveaux horizons, mais comme un monstre informe, tapi dans l'ombre, prédateur et fou. Tu voudrais savoir, et te tenir à ce savoir, jusqu'à la fin, un point c'est tout ; si tu es honnête, ce serait ça, l'idéal. Fermer les yeux et les ouvrir pour constater que ton trouble a tout simplement disparu.

Cher Eliot, je te vois t'avancer, drapé dans ton costume d'ingénu fataliste. Toute remise en cause radicale est à proscrire, essaies-tu de te convaincre, cherchant de nouveau à te recroqueviller sous de mauvais augures. L'égarement n'est pas pour toi ; de cela, tu voudrais tellement être sûr… Tu évoques ta personnalité qui n'est pas faite pour *ça*. Peut-être, admettons. Pourtant, de ces doutes que tu veux tant chasser de ton esprit, tu pourrais te servir pour parvenir aux questions essentielles, celles que jusqu'alors, tu as eu tendance à négliger et qui pourraient devenir tes bâtons de marche.

Lorsque j'avais à peu près ton âge, j'ai rencontré un inconnu exceptionnel, ou plus exactement, j'ai lu ses textes, ce qui, pour la lectrice que je suis, se confond souvent. Il s'agissait d'un écrivain autrichien ; j'avais trouvé l'un de ses livres dans une librairie du sixième arrondissement de Paris. Séduite par son titre, j'avais voulu croire qu'il m'était adressé.

Dans ce livre, le grand écrivain, qui était aussi un grand poète, écrivait ceci :

> Nous n'avons aucune raison de nous méfier du monde, car il ne nous est pas contraire. S'il y est des frayeurs, ce sont les nôtres ; s'il y est des abîmes, ce sont nos abîmes ; s'il y est des dangers, nous devons nous efforcer de les aimer. Si nous construisons notre vie sur ce principe qu'il nous faut aller toujours au plus difficile, alors tout ce qui nous paraît encore aujourd'hui étranger nous deviendra familier et fidèle*.

Bouleversement.

Il serait compliqué de te décrire aujourd'hui l'effet qu'eurent ces vers sur moi. Mais je crois pouvoir dire que cet effet fut physique, comme si se déposait en moi, dans le corps de mon âme, la matrice de mes synapses, l'empreinte d'une vérité qu'à cet instant, je consentis à prendre pour telle de façon absolue. Une vérité qui semblait me rendre intègre ; une vérité que

* Rainer Maria Rilke, *Lettres à un jeune poète*, coll. "Les Cahiers rouges", Grasset, 1984.

l'émotion éprouvée alors allait rendre indélébile.

Cette vérité concernait la difficulté, l'importance de la difficulté que Rainer Maria Rilke recommande de prendre pour cible, pour principe de vie. De sorte que nous puissions nous lier au monde, aux êtres et aux choses, d'une manière indéfectible, en vertu de cette persévérance qu'elle induit. Pour ma part, j'ai toujours estimé bénéfique cette proposition.

Je te parlais plus haut d'apprentissage et des répercussions de celui-ci sur l'élargissement du spectre de nos possibilités d'être. Eh bien, il n'existe aucun apprentissage qui exclut la difficulté. Accepter de faire face à cette difficulté, de nous frotter et de nous cogner à elle, ainsi se forge un engagement. Ce même engagement qui te semble, à cette heure, élusif voire impossible.

À faire l'apologie du difficile, je risque de paraître d'une dureté désuète quand tout nous pousse à plébisciter une facilité beaucoup plus alléchante. Certes, la facilité est sans conteste souhaitable face à certaines tâches rébarbatives et ingrates. Mais elle est un leurre lorsque des actions décisives sont en jeu : lorsque nous ne sommes plus de simples exécutants mais des maîtres d'œuvre. Sans persistance, le fameux retour sur investissement que j'évoquais auparavant aura peu de chance de porter ses fruits.

Tu hoches la tête, j'imagine, avec une petite moue blasée : persistance certes, tu n'es pas contre, mais vis-à-vis de quoi ? La difficulté seule n'est indicative de rien ! Puisqu'il y a tant de choses, quand tu y songes, qui te sont difficiles. Par exemple, tu ne sais jouer d'aucun instrument de musique, trop difficile, et néanmoins, musicien n'est pas un métier que tu envisages. Même chose pour les mathématiques ! Chercheur en mathématiques te semble l'une des professions les plus ardues qui soit et tu ne songes pas un seul instant qu'elle puisse être la tienne… Les emplois vers lesquels tu es enclin à t'orienter relèvent de domaines où tu n'es pas mauvais, *déjà*.

Et si l'on inversait l'ordre des priorités ? Si l'aisance dans une discipline particulière ne conditionnait pas, dès le départ, nos choix ? Si l'apprentissage ne s'arrêtait pas au seuil de l'emploi mais en faisait intégralement partie ? Si tu t'autorisais à écouter tes appétits les plus hardis sans que ne t'entrave, d'ores et déjà, la question de tes *moyens* ?

Afin que ces suggestions te semblent moins théoriques, moins irréalistes – et que tu saisisses pourquoi je m'en fais le relais auprès de toi –, il me faut te confier un bout de mon passé.

J'ai voulu devenir écrivaine alors qu'au cours de toute ma scolarité, mes résultats en français avaient toujours été catastrophiques. En primaire, j'étais dyslexique, condamnée à confondre les consonnes et à me taper des zéros en orthographe ; plus tard, au lycée, je n'ai jamais saisi la finalité d'un commentaire de texte ; quant à mes dissertations, elles étaient systématiquement hors sujet et mal notées. N'importe qui de sensé aurait tout envisagé *sauf* la littérature ! Et pourtant m'y voilà…

Je me rappelle ce photographe d'une quarantaine d'années rencontré l'an dernier à Arles, et qui me raconta comment, en arrivant de province à Paris, il avait découvert l'île Saint-Louis dont il était tombé amoureux, décrétant qu'il lui fallait y habiter… L'île Saint-Louis est l'un des quartiers les plus chers de la capitale et il n'en avait *a priori* pas du tout les *moyens*. Pourtant, Jean-François s'y installa… Par quel tour de passe-passe ? Vingt ans plus tard, c'est avec une fierté et une excitation intactes qu'il me raconta comment il opéra pour parvenir à ses fins. Et au travers du récit de ce pari réussi apparut Jean-François. Cette réalisation, anecdotique en apparence, était pleinement constitutive de son être.

Ce que j'essaie de faire valoir est que les *moyens* dont tu disposes, tes aptitudes notamment, ne sont pas des données définitives et irrémédiables : il t'appartient de les faire évoluer et fructifier, si tu le souhaites. Ce qu'aucun conseiller d'orientation, s'il en existe encore, ne te dira sans doute…

Que la discipline dans laquelle un étudiant manifeste de l'aisance détermine ce à quoi celui-ci peut – ou doit – aspirer professionnellement n'a rien d'une évidence absolue. Et la question de savoir si l'*aptitude première* doit dicter l'orientation n'est en rien subsidiaire.

Certes, on ne devient pas astrophysicien ou chirurgien sans certaines capacités. Mais souvent, on cherche à tout faire entrer, trop vite, dans des catégories, à tracer des profils à partir d'indices élémentaires, alors qu'il faudrait accepter d'être attiré par ce que l'on ne maîtrise pas ; par ce qui, justement, nous est plus difficile, aride et peut-être "interdit". Sans sollicitation, cette part de nous-même, réputée moins brillante, restera en jachère, se nécrosera du fait des incitations à exploiter d'abord des capacités manifestes. Nos *facilités*…

Souvent, les étudiants auprès desquels j'interviens après leur premier stage professionnel ont eu une révélation : ce qu'ils ont le plus mal supporté, ce qu'ils veulent par-dessus tout éviter à l'avenir est l'ennui au travail.

La facilité a-t-elle la moindre chance de nous stimuler longtemps ? Ne faut-il pas qu'il y ait résistance pour qu'il y ait désir ? Je sais pourtant ce que tu t'apprêtes à objecter : la plupart des emplois ne sont pas passionnants et ne le seront jamais… là est la triste réalité !

Si c'est le cas comme tu le prétends, ne serait-il pas alors judicieux de commencer par te demander ce qui rend passionnant un travail (ou une tâche) pour toi ?

Toute destinée, comme tout amour, se joue toujours entre.

Entre deux pouvoirs. Entre deux états. Entre deux volontés.

Dans leur interaction.

Avec amitié,

C. C.

IX

Cher Eliot,

Ce matin, j'ai dû me rendre dans un magasin d'ustensiles ménagers. Ce n'était pas une grande surface, mais une boutique à Paris, près de la Grande Bibliothèque. Je cherchais une maryse.

Lorsque je questionnai la vendeuse, une jeune femme stylée et lunatique, elle secoua la tête, son geste signifiant sans doute qu'elle n'avait pas compris. Une ma-ryse… Ses sourcils demeuraient haussés. Une ma… Qu'est-ce que c'est ? finit-elle par demander.

Je pouvais tourner les talons avec exaspération – n'était-elle pas censée être un minimum spécialiste – ou le lui expliquer. Je lui décrivis la spatule à l'extrémité caoutchoutée qui permet de mieux racler le fond des casseroles et des saladiers lorsque l'on cuisine. Plantée raide, elle se contenta de secouer la tête ; ce que je pris, cette fois-ci, pour l'indication du fait qu'elle n'en vendait pas. Très bien, merci, tchao.

Sauf qu'en effectuant un dernier tour du magasin, j'aperçus, disposées sur un petit présentoir en carton, de jolies maryses colorées. Victorieuse, je brandis l'objet dans la direction de la vendeuse. Regardez ! Lorsque je m'enquis du prix, la jeune femme déclara qu'elle n'en savait rien, qu'il lui aurait fallu demander à quelqu'un quand seules nous deux étions là.

Caricatural ? Certainement. À moins que je ne sois qu'une pinailleuse qui prête attention à n'importe quoi. Néanmoins, si je t'en parle, c'est pour illustrer ce que j'ai tenté de t'exposer dans ma dernière lettre.

Car tu l'auras deviné : cette jeune femme s'ennuyait à mourir. Elle se foutait éperdument d'apprendre quoi que ce soit puisque, par définition, elle était vendeuse, ce qui, comme chacun sait, ne consiste en plus rien d'autre que surveiller d'insupportables clients qui préfèrent faire à peu près tout tout seuls. Elle ne tirait aucun apport de sa situation, couvant sa méconnaissance, ainsi privée d'occasions d'entamer une conversation avec quiconque. Si tu lui avais posé la question, je suis convaincue qu'elle aurait affirmé que son travail était ingrat et dénué du moindre intérêt.

Et il l'était. Mais d'une *certaine* façon ; qui dépendait d'elle.

Certes, tu ne seras jamais vendeur. Mais pourquoi pas finalement ? Qu'est-ce qui t'en empêcherait ? Non, pardon, tu es tout de même promis à un avenir beaucoup plus brillant que cela ;

hiérarchiquement, socialement, financièrement – dans l'ordre ou le désordre. Reste que la qualification ne fait ni le métier ni l'humain ; une autre jeune femme aurait su faire de la vente, lorsqu'elle devenait trop ennuyeuse, un prétexte à ouvertures et à variations.

Seule la passivité rend esclave ; de cela, tu peux être certain.

En raison des principes de l'enseignement scolaire actuel, l'étudiant n'est pas préparé à penser son futur travail autrement que comme une fonction, l'obtention de prérogatives invariables ; il ne l'envisage jamais comme un périmètre d'action fluctuant.

Ainsi là où tu envisages un rectangle, j'affirme l'existence d'une spirale… Lorsqu'ils préparent un entretien d'embauche, les étudiants, souvent, sont persuadés qu'il leur faudra convaincre de l'adéquation entre leurs maigres compétences et l'intitulé d'un poste, faire correspondre leurs distinctions formelles avec le descriptif d'une annonce. D'après ce que j'observe, il ne leur vient pas à l'idée de proposer quoi que ce soit, d'expliquer de quelle manière ils ou elles agiraient pour remplir ce poste au plus près de leurs aspirations et motivations.

Souvent, je les provoque : c'est vous qui inventerez votre travail… Alors ils froncent les sourcils, et ils tordent la bouche, et ils en restent muets.

Un verbe existe pour décrire l'attitude que j'aimerais te recommander d'adopter quelle que soit la direction que tu prendras. Contrairement à tes craintes, il ne s'agit ni de réussir ni de foncer ou de combattre. Mais de *s'emparer*.

S'emparer, non aux fins d'une domination, mais de façon à "faire sien", non par la propriété ou l'abus, mais par la capacité imaginative à concevoir des développements, des extensions, des enrichissements. "Faire sien" à travers le souci, le souhait et le soin.

Il y a trois jours, j'ai perdu un ami ; une mort soudaine par accident. C'était un informaticien de formation qui, tout au long de sa vie, ne s'était jamais cantonné aux aspects techniques de son métier, mais avait progressivement élargi le périmètre de ses interventions, dans les domaines politique, associatif, artistique, afin de peser sur les débats publics tournant autour de la propriété intellectuelle, des biens communs, de la surveillance informatique ou de l'accueil des étrangers en Europe... Il avait mené nombre d'initiatives, créé des collectifs, lancé des événements, milité, siégé, financé, écrit ; il avait apporté sa contribution là où il se sentait utile sans se soucier de n'être pas cohérent avec une définition homologuée de l'ambition. À soixante et onze ans, il venait de publier son premier roman. Beaucoup d'autres se seraient estimés trop vieux, mais pas lui. C'était un homme sans âge, qui ne laissait à aucune idée reçue l'occasion de l'enfermer, qui n'avait aucune intention de mépriser les opportunités de défense du partage que les événements faisaient surgir devant lui.

Je te parle de cet homme parce qu'il pourrait être un exemple. Quels que soient nos conflits intérieurs, nous avons besoin, pour les dépasser, de modèles, d'inspiration, d'aspiration, d'absorption par la force, la vitalité et la conviction d'autres êtres, qu'ils soient humains ou non. Souviens-toi de la réponse à la question que je posais lors de cette conférence où tu m'as entendue pour la première fois : pourquoi vivre ? "Pour servir d'inspiration à ceux et celles qui, à leur tour, se poseront la question."

A contrario, il faut parfois songer à la mort pour éprouver l'essentiel. Songer à la perte irréversible de nos potentiels pour désirer les voir fleurir.

À la mort, je sais que tu as pensé ces derniers temps comme à une chance de résolution du dilemme, une résolution qui te permettrait d'échapper à la cruauté de la compétition et de demeurer là où les exigences de la société ne te martyriseraient plus. Parce qu'elle t'a rongé un peu chaque jour, la pensée de la mort n'appelle, chez toi, plus aucun sursaut de clairvoyance. Tant que cette pensée reviendra, il faudra lui opposer le contrepoids de tous les fantasmes d'évasion que tu pourras rassembler.

Certains de tes camarades semblent immunisés contre l'errance, galvanisés par la seule perspective de leurs futures attributions et salaires, m'expliques-tu.

Tu les jalouses, tu voudrais pouvoir entrer dans leur tête afin de comprendre ce qui cloche chez toi et comment ils parviennent à se vouer à l'exercice des records. Eux, champions de la normalité conquérante, vainqueurs élus du *système*. Toi… Tout ceci, au final, te paraît feint et factice, aussi illusoire que les images que tu fais défiler mollement du pouce sur l'écran de ton portable, des images trop impeccables pour que tu aies jamais envie d'aller dans ces lieux.

Ton cœur n'est pas là où il devrait être ; tapi serré, trop pleutre pour s'enhardir et défendre la différence qui est la tienne.

Me trouves-tu sévère ?

C. C.

X

Eliot,

Sévère, tu ne trouves pas que je le sois… Tant mieux et merci de m'avoir gentiment rassurée sur ce point dans ta dernière lettre. Tu insistes cependant pour savoir à quelle différence je fais allusion. Quelle différence pourrait bien être la tienne en effet, si ce n'est celle qui te rend idiot face à ton propre devenir ?

Là encore, au risque de t'agacer un peu, je vais tenter d'être plus claire. Cette différence qui est la tienne est innommable ; elle est indescriptible, voire pas tout à fait perceptible. Ce pour quoi elle exige, pour se révéler, de trouver les supports de sa propre expression. Seule l'entremise d'un milieu qui lui sera propice pourra lui permettre de manifester son existence de la façon la plus décisive, la plus riche et la plus bénéfique. Comprends-tu ?

Autant qu'un métier, qu'un emploi, qu'une fonction, c'est d'un lieu d'exercice que tu feras le choix. C'est d'un *milieu* avec lequel les échanges seront plus ou moins féconds, nourriciers, jouissifs, catalyseurs, exaltants.

Dans sa lente et routinière quotidienneté, la vie va si vite. Pour quelqu'un de ton âge, l'affirmation est peut-être vaine tant il faut du temps pour se rendre compte à quel point on en aura peu. Plus d'une fois, je me suis dit que j'aurais aimé, à vingt ans, en être davantage consciente, car c'est aussi grâce à l'urgence pressentie que l'on peut trouver la détermination à bondir hors des limites. Savoir combien de temps il nous reste changerait tout, n'est-ce pas ?

L'intrépide poétesse Mina Loy, féministe avant l'heure, s'était posé cette si judicieuse question : "Parmi le vide exceptionnel de ma prime jeunesse, comment les signes et les miracles ont-ils pu apparaître de nulle part ?".

Les signes et les miracles apparaissent. Alors, apprends à aller vers ce qui te rend plus fort, non vers ce qui exige de toi des compromis excessifs. Mais ne sois pas dupe : ne cède pas à d'indus raccourcis sous prétexte de te ménager. Essaie enfin de revenir aux choses premières, celles qui ont su te fasciner en des temps plus cléments.

La jeunesse n'est pas toujours un cadeau mais j'ai bon espoir que tu trouves bientôt le point de mire qui va guider tes pas. Et il sera d'autant plus juste qu'il aura été difficile à chercher.

Avec toute mon amitié,

C. C.

LECTURES RECOMMANDÉES À ELIOT

Marius Amiel, *Malaise sur le marché du travail*, Librinova, 2021.

Mathew Crawford, *Contact. Pourquoi nous avons perdu le monde, et comment le retrouver*, traduit de l'anglais par Marc Saint-Upéry et Christophe Jaquet, La Découverte, 2016.

Laurence Decréau, *L'Élégance de la clé de douze. Enquête sur ces intellectuels devenus artisans*, Lemieux éditeur, 2015.

David Graebert, *Bullshit Jobs*, traduit de l'anglais par Élise Roy, Les Liens qui Libèrent, 2018.

Robert Linhart, *L'Établi*, Les Éditions de Minuit, 1978.

Raphaël Liogier, *Sans emploi. Condition de l'homme postindustriel*, Les Liens qui Libèrent, 2016.

Marc Loriol, Nathalie Leroux (dir.), *Le Travail passionné. L'engagement artistique, sportif ou politique*, Érès, 2015.

Yves Pagès, *Petites natures mortes au travail*, Folio, 2007.

Rainer Maria Rilke, *Lettres à un jeune poète*, traduit de l'allemand par Bernard Grasset et Rainer Biemel, coll. "Les Cahiers rouges", Grasset, 1984.

Léon Tolstoï, *L'Argent et le Travail*, Éditions des Syrtes, 2003.

Franck Fischbach & Emmanuel Renault (dir.), *Philosophie du travail. Activité, technicité, normativité*, coll. "Textes clés de philosophie du travail", Vrin, 2022.

REMERCIEMENTS

Je remercie “Eliot”, sans l’initiative duquel l’idée de ce livre n’aurait peut-être jamais germé, ainsi que mes anciens étudiants en écoles d’ingénieur, Zachary Abessera, Malo Adler, Djavan Borius, Jonathan Gusching, Mahé Hersart de la Villemain, Lucien Maillard, Camille Richer et Élie Vandoolaeghe pour leurs encourageantes lectures.

Que soient chaleureusement remerciés, mon éditrice Eva Chanet, de même que Rachèle Bevilacqua, Jean-Michel Couvreur, Laurence Decréau, Sandrine Gulbenkian, Olivier Lecomte, Céline Leroy, Jean-François Robert et Liesel Schiffer pour leurs contributions directes ou dérivées à ce livre. Je souhaite aussi saluer la mémoire de mon ami Philippe Aigrain, décédé l’an dernier.

Enfin, j’adresse ma reconnaissance toute particulière à Laurent de Sutter pour le rôle qu’il a joué dans l’écriture de ce texte.

OUVRAGE RÉALISÉ
PAR L'ATELIER GRAPHIQUE ACTES SUD
REPRODUIT ET ACHEVÉ D'IMPRIMER
EN SEPTEMBRE 2022
PAR NORMANDIE ROTO IMPRESSION S.A.S.
À LONRAI
POUR LE COMPTE DES ÉDITIONS
ACTES SUD
LE MÉJAN
PLACE NINA-BERBEROVA
13200 ARLES

DÉPÔT LÉGAL
1re ÉDITION : OCTOBRE 2022

N° impr. : 2203776
(Imprimé en France)